GIFTED

3

Scénario ▶ SEIMARU AMAGI Dessin ▶ RIMA AMAMIYA

PERSONNAGES

YUYA SHIKI

Un lycéen doté d'un étrange pouvoir de perception lui permettant de détecter les meurtriers d'un coup d'œil.

NATSUKI AMAKUSA

Le plus jeune membre de la police de Tokyo, il est la nouvelle star de la première division d'enquête.

RÉSUMÉ

Après un drame survenu dans son lycée, Shiki, capable de démasquer n'importe quel meurtrier en le regardant, devient le partenaire de l'officier de police Amakusa.

Au fil de leurs enquêtes, Shiki commence enfin à apprécier Amakusa.

Hanté par les fantômes de son passé, il demande à Amakusa de faire la lumière sur le meurtre de sa mère...

SOMMAIRE

#08 LE PASSÉ DE LA FAMILLE SHIKI

GIFTED

FLAP
JE SUIS RENTRÉ, KYO.
香車
SNIF
SNIF

シャカ DUM
シャカ DUM
DUM シャカ
ACCEPTE DE RÉSOUDRE UN MYSTÈRE POUR MOI.
UN MYSTÈRE ?
ÇA CONCERNE MA FAMILLE... JE VEUX SAVOIR COMMENT MA MÈRE EST MORTE.

...
HMMM
RAH !
ARRÊTE DE ME FIXER SANS RIEN DIRE, C'EST FLIPPANT !
GRIIII
MOI, FLIPPANT ?!
ON NE M'AVAIT ENCORE JAMAIS DIT ÇA !

DAM
TU PEUX M'EXPLIQUER EN QUOI JE SUIS FLIPPANT ? HEIN ?!
DAM
TU DEVRAIS ME SALUER AU LIEU DE M'INSULTER !
REGARDE-TOI DANS UN MIROIR.
GRUUUH
YUYA, TU AS DE LA VISITE.
QUI C'EST ?
KAORU, LA FILLE DE KANEDA.
!
...
CELLE QUI ÉTAIT AU MATCH DE SHOGI ?

VOILÀ POUR VOUS.
SOIS SAGE !
OUAF
OUAF
LE CHIEN DE TAKAGI...
C'EST DONC TOI QUI L'AS RECUEILLI.
OUAIS...
ASSIS !
ALLEZ ! ASSIS !
TU AS DÛ EN BAVER...
GRUH
GRUH
UN PEU, OUI.

MAIS JE NE COMPTE PAS ABANDONNER MAÎTRE TODO.
ELLE EST PRÊTE À CONTINUER SA CARRIÈRE DANS LE MONDE DU SHOGI.
JE DOIS RESTER À SES CÔTÉS !
TANT MIEUX.
...
MONSIEUR AMAKUSA...
NOUS VOUS REMERCIONS INFINIMENT POUR VOTRE AIDE FINANCIÈRE.
QUE... HEIN ?!
CE... CE N'EST RIEN, ALLONS...
PAS VRAI ?
JE NE SUIS PAS À QUELQUES MILLIONS DE YENS PRÈS...
APRÈS TOUT, J'AI EMPOCHÉ DES MILLIARDS EN REVENDANT MON ENTREPRISE ET...
...
ARRÊTE TON CINÉMA.

ELLE T'EXPRIME SA GRATITUDE.
TCHAK
INUTILE D'EN RAJOUTER, COMPRIS ?
...
E... EFFEC-TIVEMENT...
RAVI D'AVOIR PU VOUS VENIR EN AIDE, C'EST NORMAL.
MOUAIS, PEUT MIEUX FAIRE...
!
HI HI
TU AS L'AIR DE T'AMUSER, YUYA.
HEIN ?!
POURQUOI TU FAIS CETTE TÊTE ?

C'EST LA PREMIÈRE FOIS QUE JE TE VOIS COMME ÇA…
DEPUIS LA MORT DE TA MÈRE.
…
TU VEUX LUI OFFRIR DE L'ENCENS ?
JE PEUX ?
BIEN SÛR.
…
TU CROIS VRAIMENT QUE MON PÈRE N'EST PAS IMPLIQUÉ DANS CETTE HISTOIRE ?
COMBIEN DE FOIS JE DOIS TE LE DIRE ?

JE SUIS CERTAIN...
QU'IL N'EST PAS LE MEURTRIER DE MA MÈRE.
OUBLIE TOUT ÇA.
PAR CONTRE, JE M'INQUIÈTE POUR LUI, IL A DISPARU DEPUIS UN MOMENT...
POUR MOI, C'EST PLUS IMPORTANT QUE LES SPÉ-CULATIONS DE LA POLICE.
...

MERCI...
REPASSE QUAND TU VEUX.
TAKI TE PRÉPARERA DES GÂTEAUX, COMME À L'ÉPOQUE.
ÉVIDEMMENT !
C'EST GENTIL...
...

NAYUTA KANEDA, LE PÈRE DE KAORU…
EST LE PRINCIPAL SUSPECT DANS CETTE AFFAIRE.
OUI, MAIS LA POLICE A TORT.
JE N'AI PERÇU AUCUNE FUMÉE NOIRE AUTOUR DE LUI…
ÇA SIGNIFIE QU'IL N'A TUÉ PERSONNE, ALORS ?
もぐもぐ
もぐもぐ
EXACT.
MOI, JE TROUVE CET HOMME TRÈS LOUCHE…
APPAREMMENT, IL PRÉVOYAIT DE VOUS VOLER DES ÉLÈVES ET DE CRÉER SON PROPRE DOJO…
APRÈS AVOIR DÉTOURNÉ DES FONDS DE L'ÉCOLE SHIKIGAMI.
TA MÈRE ÉTAIT AU COURANT, IL AVAIT DONC UN MOTIF SUFFISANT POUR L'ÉLIMINER.

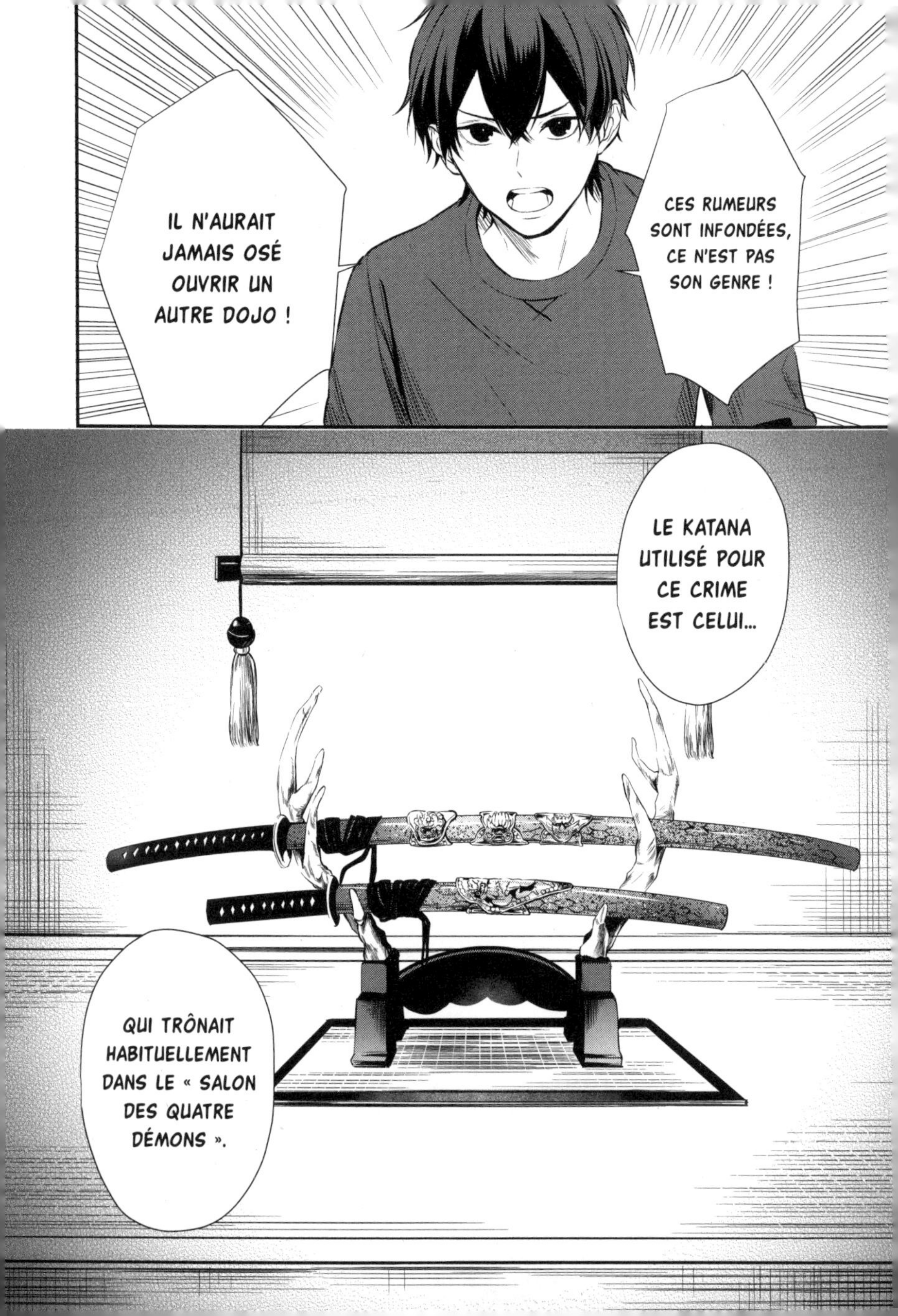
CES RUMEURS SONT INFONDÉES, CE N'EST PAS SON GENRE !
IL N'AURAIT JAMAIS OSÉ OUVRIR UN AUTRE DOJO !
LE KATANA UTILISÉ POUR CE CRIME EST CELUI...
QUI TRÔNAIT HABITUELLEMENT DANS LE « SALON DES QUATRE DÉMONS ».

À LA BASE, LA POLICE CROYAIT QUE DES CAMBRIOLEURS AVAIENT PROFITÉ DE L'ABSENCE DES ÉLÈVES POUR ENTRER...
ET QU'ILS AVAIENT TUÉ TA MÈRE DANS LEUR FUITE, MAIS...
CERTAINS ÉLÉMENTS ONT POUSSÉ LES ENQUÊTEURS À EXPLORER UNE AUTRE PISTE...
CELLE DU CRIME COMMIS PAR UN PROCHE.
...
AU FIL DE L'ENQUÊTE, LA TRACE DE MAIN LAISSÉE PAR TA MÈRE...
A FINI PAR ÊTRE CONSIDÉRÉE COMME UN INDICE CONCER-NANT L'IDENTITÉ DE SON ASSAS-SIN.

UNE DES PORTES COULISSANTES DE VOTRE DEMEURE ARBORE QUATRE DÉMONS.
CE SONT EUX QUI ONT DONNÉ LEUR NOM À VOTRE ÉCOLE.
ON RACONTE QU'ILS ÉTAIENT AU SERVICE DE FUJIWARA NO CHIKATA, UN NOBLE DE L'ACTUELLE RÉGION DE MIE.

LA TRACE DE MAIN ENSANGLANTÉE...
ÉTAIT SUR LE DÉMON D'OR.

J'AI CRU COMPRENDRE QUE VOTRE ÉCOLE ÉLÈVE SES QUATRE MEILLEURS DISCIPLES...
AU RANG D'ASSISTANTS APTES À DONNER DES COURS.
OUI, ILS ONT TOUS UN NOM...
...
LE DÉMON D'OR...
LE DÉMON DU VENT...
LE DÉMON DE L'EAU...

ET LE DÉMON DES OMBRES.
COMME NAYUTA KANEDA AVAIT LE TITRE DE DÉMON D'OR, LA POLICE L'A SUSPECTÉ.
C'EST ÇA.
PAR LA SUITE, D'AUTRES PREUVES ONT PERMIS DE L'INCRIMINER...
MAIS C'EST SA RÉACTION FACE AUX POLICIERS VENUS LE CHERCHER...
QUI L'A VÉRITABLEMENT MIS DOS AU MUR.
ZOUM
ZOUM

ARGH...
EURGH !
PAS... UN GESTE...
KANEDA !!!

IL LES A MIS AU SOL EN UN CLIN D'ŒIL...
AVANT DE PARTIR ON NE SAIT OÙ...
CERTES, MAIS JE SAIS QU'IL N'A PAS TUÉ MA MÈRE.
SI TU LE DIS, JE SUIS PRÊT À TE CROIRE...
ADMETTONS QU'UN PROCHE L'AIT ASSASSINÉE...
HEIN ?
À MON AVIS, LES AUTRES DÉMONS SONT PLUS SUSPECTS.
JE N'AVAIS ENCORE RIEN DIT PAR PEUR DE NE PAS ÊTRE PRIS AU SÉRIEUX.
COMMENT ÇA ?
SWIT

HIEI RIN, LE DÉMON DE L'EAU.
HYOMA YUZUKI, LE DÉMON DU VENT.
ARATA CHOSOKABE, LE DÉMON DES OMBRES.
CES TROIS PERSONNES...
ONT DÉJÀ TOUTES TUÉ QUELQU'UN.

...!
QUAND J'ÉTAIS ENFANT...
J'AI VU UNE FUMÉE NOIRE LES ENGLOBER...
CE SONT DES MEUR-TRIERS ?
J'IGNORE LES CIRCONSTANCES DE LEURS ACTES, MAIS...
EN TOUT CAS, CE N'ÉTAIT PAS AU COURS D'UNE GUERRE.
LES SOLDATS POSSÈDENT UNE FUMÉE D'UNE AUTRE COULEUR.
...
IL EST TEMPS QUE JE TE RACONTE LES ORIGINES DE NOTRE ART MARTIAL...
OUI, SHIKI ?

ドクン
BOBOM
IL S'INSPIRE...
DES TECHNIQUES NINJAS.
MAINTENANT QUE TU ME LE DIS, LES QUATRE DÉMONS SONT CONSIDÉRÉS...
COMME LES ANCÊTRES DES NINJAS D'IGA.
C'EST ÇA...
ET LES NINJAS ONT TOUJOURS EU POUR MISSION...

D'ASSASSINER DES GENS.

MA FAMILLE CACHE UN LOURD SECRET…
QUE J'AI LONGTEMPS IGNORÉ, ALORS MÊME QUE J'EN SUIS LE DERNIER HÉRITIER.
ÉCOLE SHIKIGAMI
GLOUPS
…

MA MÈRE EST MORTE AVANT DE POUVOIR M'EN PARLER DIRECTEMENT.
ON A VOULU L'EMPÊCHER DE ME LE RÉVÉLER.
SHIKI...
TU ES PRÊT...
À ÊTRE IMPLIQUÉ DANS CETTE HISTOIRE ?
FWIT
C'EST UN PEU TARD POUR ME PRÉVENIR.
HÉ HÉ

MA CURIOSITÉ...
M'EMPÊCHE DE TOURNER LES TALONS.
HÉ HÉ
にやっ
STAP

GIFTED

9
普通
普通
#09
LE MEURTRE DE L'ARTISTE FLORAL - PREMIÈRE PARTIE

CETTE SUCRERIE VIENT D'UNE CONFISERIE DE RENOM À KAMAKURA !
TADAM
GOÛTE, C'EST DÉLICIEUX !
NON MERCI.

JE COMPRENDS PAS POURQUOI TU MANGES ÇA MAINTENANT ALORS QU'ON SE REND JUSTEMENT À KAMAKURA.
MIOM
C'EST COMME DES RÉVISIONS AVANT UN COURS !
ENFIN, JE N'AI JAMAIS EU BESOIN DE RÉVISER DANS MA VIE !
HA HA HA !
SI TU LE DIS...
BREF, TU PEUX ME PARLER...
DE L'AFFAIRE DU JOUR ?
NOUS N'ALLONS PAS RÉSOUDRE UN CRIME, AUJOURD'HUI.
HEIN ?!
CONTENTE-TOI DE ME SUIVRE, TU VERRAS BIEN.
HÉ HÉ

...
JE SENS LE PLAN FOIREUX...
PFFF
PARDON ?! EXCUSE-TOI AUPRÈS DE KAMAKURA !
CE N'EST PAS LA VILLE QUE JE CRITIQUE.
C'EST UN CHOUETTE ENDROIT !
IL Y A LA GRANDE STATUE DE BOUDDHA, LE TRAIN ENODEN, DES PLAGES...
GRUMPF
ÇA VA, J'AI COMPRIS.
MAIS...
J'ESPÈRE VRAIMENT...
VIENS VITE, SHIKI !
AU SECOURS !
...
QU'IL NE COMPTE PAS ALLER SE BAIGNER...
?
MISÈRE...

どどんっ
TADAAAM
L'HÔTEL GRAND OPEN DE KAMAKURA !
NOUS Y SOMMES !
OUF, ON NE VA PAS À LA PLAGE.
C'EST ICI QUE JE VOULAIS T'EMMENER.
UN FESTIVAL D'ART FLORAL ?
FESTIVAL D'ART FLORAL DE KAMAKURA
"Entre Japon et Occident"

ENTRONS !
J'AI ACHETÉ LES BILLETS EN AVANCE.
...

PAR ICI !
AH LÀ LÀ...
NORMALEMENT, LE STAND QUE JE CHERCHE EST LÀ.
キョロ
ZIEUTE
キョロ
ZIEUTE
J'ATTENDS TOUJOURS QUE TU M'EXPLIQUES...
JEUNE MAÎTRE !

VOUS ÊTES BIEN YUYA SHIKI...
L'HÉRITIER DE L'ÉCOLE SHIKIGAMI ?
Démon de l'eau
HIEI RIN (35 ans)
H... HIEI ?

JE LE SAVAIS !
PAS DE DOUTE !
ÇA FAIT BIEN QUATRE ANS QU'ON NE S'EST PAS VUS !
C'EST BIEN VOUS !
FWIT くる
ÇA ALORS, VOUS AVEZ TELLEMENT GRANDI...
OOOH はわわわ
FWIT くる
…
うるうる
AAAH
JE VOUS AI CONNU TOUT PETIT !
EFFECTIVEMENT, LE DOJO A FERMÉ SES PORTES IL Y A QUATRE ANS ET DEMI.
VOUS N'AVEZ PAS CHANGÉ.
VOUS DITES ÇA PARCE QUE JE PORTE UN KIMONO POUR CET ÉVÈNEMENT...
MAIS MA VIE A PRIS UN SACRÉ TOURNANT, ELLE.
COMMENT ÇA ?
JE PARTICIPE À CE FESTIVAL !
VOUS N'ÊTES PAS VENU ME VOIR ?

HEUM HEUM
C'EST MOI QUI L'AI FORCÉ À M'ACCOM-PAGNER !

QUI ÊTES-VOUS ?
Officier Natsuki Amakusa
Police de Tokyo Première division d'enquête
SON COLOCATAIRE !
わぁ〜 AAAH
VOUS ÊTES POLICIER ?
OUI !

J'AIMERAIS VOUS POSER DES QUESTIONS À PROPOS DU DRAME D'IL Y A CINQ ANS.
...
ALLONS EN DISCUTER AILLEURS.
D'ACCORD ! ♪
POURQUOI TU M'AS RIEN DIT ?

SA MORT A ÉTÉ UN VÉRITABLE CHOC.
QUI AURAIT PU PRÉDIRE…
QUE NAYUTA KANEDA VOULAIT TUER VOTRE MÈRE ?
AUJOURD'HUI ENCORE, J'AI L'IMPRESSION DE VIVRE UN CAUCHEMAR.
…
SHIKI PENSE QUE CET HOMME N'Y EST POUR RIEN.
AH ?

J'EN SUIS CERTAIN.
...
ET VOUS ? UNE IDÉE ?
EH BIEN...

MOI AUSSI...
JE PENSE QUE NAYUTA EST INNOCENT.
CEPENDANT, JE DOUTE QUE DE SIMPLES CAMBRIOLEURS AIENT PU TUER VOTRE MÈRE, MAIKA.
C'ÉTAIT UNE VIRTUOSE DU NAGINATA.

QUI A COMMIS CE MEURTRE, ALORS ?
À MON AVIS, C'EST…
ONCLE HIEI !
Matriarche de l'école d'art floral Rin HIMIKO RIN (28 ans)

HIMIKO...
LA CONFÉRENCE A DÉJÀ COMMENCÉ ?
NON, C'EST DANS UNE PETITE HEURE.
MAIS TU AS BIEN FAIT DE VENIR TÔT, JE SUIS LE PRE-MIER À PRENDRE LA PAROLE.
TANT MIEUX... J'ÉTAIS AVEC MITSUNARI, IL AVAIT BESOIN DE MOI POUR LE STAND DE L'ÉCOLE URA-RIN.
TIENS ?

TU DISCUTAIS AVEC DES AMIS ?
Assistant de Himiko SEIRYU
Assistant de Himiko HAKUUN
ILS SONT STOÏQUES...
CE SONT DES GARDES DU CORPS ?

SLURP
ちゅ
JE VOUS PRÉSENTE…
LA MATRIARCHE DE L'ÉCOLE RIN…
MA NIÈCE, HIMIKO.
JE LA CONNAIS.
JE SAVAIS ÉGALEMENT QUE VOUS FAISIEZ PARTIE DE CETTE FAMEUSE LIGNÉE D'ARTISTES, HIEI.
EFFECTIVE-MENT…
VOUS VOUS ÊTES REN-SEIGNÉ ?
OUI, J'AI ÉPLUCHÉ VOTRE PROFIL.
…

ÉCOLE SHIKIGAMI
CHARMÉ PAR LES ENSEIGNEMENTS DE L'ÉCOLE SHIKIGAMI, JE ME SUIS ÉLOIGNÉ DE MA FAMILLE QUAND J'ÉTAIS JEUNE.
APRÈS LA FERMETURE DU DOJO, JE NE SAVAIS PAS QUOI FAIRE...
IL M'ÉTAIT DIFFICILE DE RETOURNER AUPRÈS DES MIENS...
HI HI ふふっ
HAAA やれやれ
MON ONCLE HIEI A DE LA RESSOURCE.
EN À PEINE QUATRE ANS, IL A SAUVÉ NOS BOUTIQUES DE LA FAILLITE...
ET A RÉUSSI À EN OUVRIR DE NOUVELLES.
CE N'EST RIEN !
VOUS AUSSI, VOUS ÊTES IMPRESSIONNANTE ! DEVENIR MATRIARCHE À 28 ANS...
QUEL EXPLOIT !
ON LA QUALIFIE DE GÉNIE DE L'ART FLORAL DEPUIS SON ADOLESCENCE !
ALLONS, JE VAIS ROUGIR !

LA MORT DE MON PÈRE, L'ANNÉE DERNIÈRE...
M'A OBLIGÉE À LUI SUCCÉDER.
...
MINCE, IL EST DÉJÀ L'HEURE DE REJOINDRE LES LOGES !
NAVRÉE, JE DOIS VOUS LAISSER.
À TOUT À L'HEURE.

SEIRYU, HAKUUN... EN ROUTE.
OUI, MAÎTRE.
AH ! J'ESPÈRE VOUS VOIR À LA CONFÉRENCE !
NOUS N'Y MANQUE-RONS PAS !
...
VOTRE FAMILLE A FONDÉ UNE AUTRE ÉCOLE ?
OUI...
APRÈS UNE DISPUTE IL Y A 250 ANS DE CELA...
NOTRE FAMILLE S'EST SCINDÉE EN DEUX COURANTS.

APRÈS LA MORT DE MON FRÈRE HIRYU, LE PRÉCÉDENT PATRIARCHE...
L'ÉCOLE URA-RIN A GAGNÉ EN POPULARITÉ...
ET MITSUNARI, SON LEADER, SOU-HAITE MAINTENANT RÉUNIR LES DEUX COURANTS...
IL Y A UN CONFLIT INTERNE ?
NON, MAIS...
PAF
PASSONS !
FWIT
QUE DIRIEZ-VOUS DE VISITER MON STAND AVANT LA CONFÉRENCE ?
CE SERAIT UN HONNEUR !
...
...

OOOH, C'EST MAGNIFIQUE !
ON VOIT À LA FOIS LES INFLUENCES OCCIDENTALES ET LA TRADITION JAPONAISE !
HA HA
C'EST ORIGINAL, N'EST-CE PAS ?
À MON AVIS, LES FLEURS DÉPASSENT LES FRONTIÈRES.
...

C'EST UN ACONIT.
HEIN ?
SI JE NE ME TROMPE PAS, C'EST UNE PLANTE TRÈS TOXIQUE.
HMMM
VOUS UTILISEZ MÊME DES FLEURS DANGE-REUSES ?
OUI… C'EST BEAU, NON ?

CERTES, MAIS QUAND MÊME...
L'ACONIT POUSSE AU PIED DES MONTAGNES.
SON VIOLET ÉCLATANT LE DÉMARQUE DES AUTRES FLEURS.
IL EST PEUT-ÊTRE LIÉ À SON POISON...
...
...
PFEUH
TON ŒUVRE EST BIDON !

HIUGA RIN
(45 ans)
TU AS FAIT LE DÉPLACEMENT, MON CHER GRAND FRÈRE ?
...
ATTENTION, JE SUIS PAS VENU VOIR TON STAND...
NI CELUI D'UNE GAMINE COMME HIMIKO.
TSSS
SI JE SUIS LÀ, C'EST POUR TOUCHER DEUX MOTS AU VIEUX MITSUNARI...
À PROPOS DE SON PROJET DE FUSION.
GLOUPS
MAIS...

FIGUREZ-VOUS QUE JE SORS DU MIT, ET...
GRUMPF
もぞ
もぞ
ÉCRASE.
HAAA
C'EST QUI, CES BLANCS-BECS ?
P... PARDON ?!
GRRR
イラァ
LE MALAISE...
困
AH LÀ LÀ...
VOICI YUYA SHIKI, L'HÉRITIER DE L'ÉCOLE SHIKIGAMI QUI M'A ACCUEILLI QUELQUES ANNÉES.
BONJOUR.
ET LUI...
おほんっ
HUM HUM
NATSUKI AMAKUSA, PREMIÈRE DIVISION D'ENQUÊTE DE LA POLICE DE TOKYO !
N'HÉSITEZ PAS À ME CONTACTER.
Officier
Natsuki Amakusa
Police de Tokyo
Première division d'enquê

C'EST... UN FLIC ?
ÇA VOUS DÉRANGE ?
HÉ HÉ ニヤ
HÉ HÉ ニヤ
HÉ HÉ ニヤ
HÉ HÉ ニヤ
ニヤ HÉ HÉ
HÉ HÉ ニヤ
TSSS...
FWIT
JE VOIS PAS...
POURQUOI ÇA ME POSERAIT UN PROBLÈME...
BAH ? IL S'EN VA.
NAVRÉ DE VOUS AVOIR INFLIGÉ ÇA.
HIUGA EST LE CADET DE NOTRE FRATRIE.

IL VEUT À TOUT PRIX FAIRE HONNEUR À NOS ANCÊTRES...
C'EST POUR CETTE RAISON QU'IL DIGÈRE MAL LE FAIT DE NE PAS ÊTRE DEVENU LE PATRIARCHE...
OUH LÀ...
JE DOIS RE-JOINDRE MA LOGE, LA CONFÉRENCE DÉBUTE DANS UN QUART D'HEURE.
À PLUS TARD !
JE LE PLAINS UN PEU...
IL FAUT CROIRE QUE TOUTES LES LIGNÉES DE CE GENRE ONT LEURS LOTS DE PROBLÈMES.

HÉ HÉ
クッ
Patriarche de l'école
Ura-rin
MITSUNARI RIN (52 ans)

TSSS
Grand frère de Hiei
HIUGA RIN
Assistant de Himiko
SEIRYU
Assistant de Himiko
HAKUUN
ILS REGARDENT DEBOUT.
ÇA COMMENCE.

...
C'EST BIENTÔT FINI ? J'EN AI MARRE...
DÉJÀ ? MOI, JE TROUVE ÇA INTÉRESSANT.
NOUS ACCUEILLONS MAINTENANT...
MAÎTRE MITSUNARI RIN, LE PATRIARCHE DE L'ÉCOLE URA-RIN !

MERCI DE VENIR SUR SCÈNE !
FWIT
CLAP
パチ
CLAP
パチ
CLAP
パチ
CLAP
パチ
CLAP
パチ
HUMPF
ヨロ…
CLAP
パチ
CLAP
パチ
CLAP
パチ
CLAP
パチ
ARGH...
CLAP
パチ
CLAP
パチ
CLAP
パ…

EURGH !
RAH !
AAAH

BADAM
MAIS... QU'EST-CE QU'IL A ?
NE ME DIS PAS QUE...

MAÎTRE MITSUNARI !
ÇA VA ALLER !
ARGH !
JE SUIS LÀ !
IL SE TIENT LA POITRINE, C'EST PEUT-ÊTRE SON CŒUR.
APPELEZ UNE AMBULANCE…
EXCU-SEZ-MOI, JE SUIS POLICIER.
ET J'AI DES CONNAISSANCES EN MÉDECINE.
AH BON ?
LAISSEZ-MOI L'EXAMINER…

BON SANG...
IL EST MORT...
HEIN ?!
VRAIMENT ?
...
OH
STAP
STAP
SPLASH

HIEI !
REGARDE !
CE VIOLET, C'EST…
PAS DE DOUTE, CE SONT DES PÉTALES D'ACONIT.
!
OH !
BOUCLEZ TOUTES LES ISSUES DE CET HÔTEL !
PERSONNE NE DOIT SORTIR, D'ACCORD ?
HAAA
オロオロ…
P… PARDON ? MAIS POURQUOI ?

CET HOMME A ÉTÉ ASSASSINÉ...
ET LE MEURTRIER EST ENCORE ICI !

DOO
OM
TU VOIS QUELQUE CHOSE ?
OUI...

LE COUPABLE EST DANS LES PARAGES ?
ÉVIDEMMENT.
PARDON, JE REFORMULE…
EST-CE QUE L'ASSASSIN…
SE TROUVE PARMI EUX ?

OUI.
MERCI POUR TON AIDE...

#10
LE MEURTRE DE L'ARTISTE FLORAL - DEUXIÈME PARTIE

EST-CE QUE L'ASSASSIN...
SE TROUVE PARMI EUX ?
OUI.
DIS-MOI QUI A FAIT LE COUP.

IL S'AGIT DE...
SÉRIEUSEMENT ?
J'EN SUIS CERTAIN, CETTE PERSONNE N'AVAIT PAS DE FUMÉE TOUT À L'HEURE.
JE VOIS.
ELLE EST APPARUE APRÈS LA MORT DE MITSUNARI RIN...
C'EST TOUT CE QUE JE PEUX TE DIRE.
BON, L'IDENTITÉ DU CRIMINEL EST CLAIRE.
AH LÀ LÀ...

ME VOILÀ FACE À UNE AFFAIRE COMPLIQUÉE.
AH BON ?
MÊME SI C'EST VRAIMENT L'ACONIT PRÉSENT DANS LA THÉIÈRE...
QUI A EU RAISON DE MITSUNARI RIN...
JE NE VOIS PAS QUAND ET COMMENT CETTE PERSONNE AURAIT PU L'INTRODUIRE.
...
ELLE POSSÈDE UN ALIBI PARFAIT.

J'OUBLIAIS...
J'AI UN AUTRE DÉTAIL À TE COMMUNIQUER.
HEIN ?
C'EST À PROPOS DE LA VICTIME...
OH !
JE VOIS...
DANS CE CAS, ON PEUT DISCERNER LE MOBILE DU CRIME...

...
POLICE
POLICE
神奈川県警察
POLICE
神奈川県警察
POLICE

JE SUIS YAMAMOTO, DE LA POLICE DE KANAGAWA.
Police de Kanagawa
Officier Yamamoto
AMAKUSA, POLICE DE TOKYO.
ふーーん
HMMM
ちらっ
ZIEUTE
...
MERCI D'ÊTRE VENU. EST-CE QUE JE PEUX VOUS AIDER ?
NON, VOUS POUVEZ PARTIR, ON S'OCCUPE DU RESTE.
HEIN ?
POURTANT, JE SUIS UN TÉMOIN...
D'OÙ SORT CE GAMIN ?

PFEUH
SI VOUS INSISTEZ... MAIS ÉVITEZ DE ME DÉRANGER...
JEUNE HOMME !
GRRR
...!
POURQUOI IL TE PARLE COMME ÇA ? TOI AUSSI, TU ES POLICIER.
GRRR
IL ME PREND DE HAUT PARCE QUE CETTE AFFAIRE NE CONCERNE PAS LA POLICE DE TOKYO !
TSSS
AH...
BON !
VOTRE ATTENTION !
CLAP
JE VAIS VOUS DEMANDER DE BIEN VOULOIR COOPÉRER AVEC LA POLICE !
CLAP

MITSUNARI RIN SERAIT MORT PAR EMPOISONNEMENT À L'ACONIT.
IL PRENAIT DES MÉDICAMENTS POUR TRAITER UNE MALADIE CARDIAQUE.
NOUS PENSONS QUE SON ASSASSIN ÉTAIT AU COURANT…
ET QU'IL A UTILISÉ LE POISON DE L'ACONIT CONNU POUR S'ATTAQUER AU CŒUR.
IL VOULAIT BROUILLER LES PISTES.
…
…
CE POISON EST EXTRÊMEMENT PUISSANT ET LA QUANTITÉ DE FEUILLES DANS LA THÉIÈRE…
A SUFFI À TUER LA VICTIME EN QUELQUES MINUTES. L'ASSASSIN A VOULU FAIRE CROIRE À UNE CRISE CARDIAQUE.

EN RÉSUMÉ…
NOUS CHERCHONS UNE PERSONNE QUI A PU APPROCHER LES THÉIÈRES.
IL EST PLUS FUTÉ QU'IL N'EN A L'AIR.
…
LES INVITÉS NE CONNAISSANT PAS PERSONNELLEMENT MITSUNARI RIN PEUVENT DISPOSER.
SUIVEZ LES EMPLOYÉS DE L'HÔTEL.
IL RESTE UNE DOUZAINE DE PERSONNES…
PROCHES DE LA VICTIME.

COMMENÇONS PAR VOUS...
HIMIKO.
VOUS ÉTIEZ AVEC LA VICTIME ENVIRON DEUX HEURES AVANT LE MEURTRE.
EUH...
OUI... ET ALORS ?

GIFTED

NOUS SAVONS QUE CE POISON AGIT IMMÉDIA-TEMENT.
SI VOUS L'AVIEZ EMPOISONNÉ À CE MOMENT-LÀ, IL SERAIT MORT BIEN AVANT LA CONFÉRENCE.
NE VOUS EN FAITES PAS, VOTRE ALIBI TIENT DEBOUT !
OUF...
PASSONS À VOS ASSISTANTS, SEIRYU ET HAKUUN.
ILS VOUS ACCOMPA-GNAIENT...
LORSQUE VOUS AVEZ VU MITSUNARI RIN.

PAR CONTRE…
ILS ÉTAIENT ASSIS DERRIÈRE MITSUNARI DURANT LA CONFÉRENCE, C'EST ÇA ?
C'EST EXACT, MAIS NOUS SOMMES RESTÉS AUPRÈS DE MAÎTRE HIMIKO…
JUSQU'À CE QU'ELLE MONTE SUR SCÈNE.
NOUS AVONS ENSUITE REJOINT NOTRE TABLE…
ET SOMMES RESTÉS ASSIS SANS JAMAIS APPROCHER CELLE DE MAÎTRE MITSUNARI.
VOUS POUVEZ DEMANDER AUX AUTRES CONVIVES.
JE VOUS CROIS, C'EST BON.
ON VÉRIFIERA PLUS TARD.
À VOTRE TOUR, HIEI.

UNE DE VOS CRÉATIONS...
TOURNAIT AUTOUR DE L'ACONIT.
VOUS ÊTES UN EXPERT EN LA MATIÈRE...
OUI, MAIS IL S'AGIT SIMPLEMENT D'UNE ŒUVRE.
D'AILLEURS, J'AI DÉJÀ UTILISÉ DES PLANTES TOXIQUES LORS D'AUTRES EXPOSITIONS.
...
...

EN REVANCHE, VOUS ÊTES ENTRÉ DANS LA SALLE TRENTE MINUTES AVANT LE DRAME...
SANS CROISER NOTRE VICTIME.
DE PLUS, VOUS ÊTES RESTÉ LONGTEMPS...
AVEC CES DEUX... JEUNES HOMMES.
FWIT
IL NOUS PREND DE HAUT !
PFFF...
VOUS AVEZ EN-SUITE REJOINT VOTRE LOGE AVANT D'ALLER SUR LA SCÈNE.
IMPOSSIBLE POUR VOUS DE TRAFIQUER LA THÉIÈRE...
SI J'AI BIEN SUIVI, VOUS NE ME SUSPECTEZ PAS.
C'EST ÇA, OUI.

GLOUPS
À VOUS, HIUGA !
!
APPAREMMENT, VOUS AVIEZ UNE DENT CONTRE MITSUNARI.
HEIN ?! EUH, JE...
D'APRÈS LES DIRES DE VOTRE ENTOURAGE, VOUS ÉTIEZ FAROUCHEMENT OPPOSÉ...
À SON PROJET DE FUSION DES DEUX ÉCOLES.
OUAIS, MAIS PAS AU POINT DE VOULOIR LE TUER !
AVANT LA CONFÉRENCE, VOUS ÊTES PASSÉ VOIR LE STAND DE HIEI.

STAND SUR LEQUEL SE TROUVAIT L'ACONIT !
...!
...
VOUS EN AVEZ PROFITÉ POUR VOLER QUELQUES FEUILLES...
AFIN DE LES MÉLANGER À SA BOISSON.
VOUS ÉTIEZ JUSTEMENT ASSIS À SA TABLE...
C'EST N'IMPORTE QUOI !
VOUS DÉLIREZ...
SUIVEZ-NOUS JUSQU'AU POSTE, D'ACCORD ?
ON EN REPARLERA UNE FOIS ARRIVÉS LÀ-BAS.

ATTENDEZ !
HIUGA N'A PAS TUÉ MITSUNARI.
!
YUYA...
...

TU ES LYCÉEN ?
LAISSE LES PROS S'OCCUPER DE ÇA...
JE SUIS D'ACCORD AVEC LUI.
J'AI CONSCIENCE QUE JE N'AI PAS LE DROIT D'INTER-VENIR DANS UNE ENQUÊTE HORS DE TOKYO...
MAIS...
VOUS VOUS MOQUEZ DE MOI ?!
DITES-MOI QUI A FAIT LE COUP, ALORS !
ALLEZ, J'ATTENDS !
HA は HA は HA は HA は
EMBARQUER UNE PERSONNE SANS LA MOINDRE PREUVE...
ME SEMBLE ENCORE PLUS PROBLÉMATIQUE, PAS VRAI ?
ATTENTION !

AVEC PLAISIR !
!
LAISSEZ-MOI UNE DIZAINE DE MINUTES, LE TEMPS DE FAIRE LE POINT.
RESTEZ ICI, D'ACCORD ?
ÇA ME VA.
TU EN PENSES QUOI, HIUGA ?
TANT QU'IL PROUVE QUE JE SUIS INNOCENT…

ÇA NE ME DÉRANGE PAS DE L'ATTENDRE...
À VOS ORDRES.
MERCI BEAUCOUP, JE REVIENS TOUT DE SUITE.
VIENS AVEC MOI.
EUH... D'ACCORD.
TU ES DOUÉ...
TU AS DÉJÀ TOUTES LES PREUVES QU'IL TE FAUT ?

NON, PAS DU TOUT !
HEIN ?
ずるずる HAAA
ずるずる HAAA
J'AI QUE DIX MINUTES POUR LES TROUVER.
ÇA CRAINT !
J'AURAIS DÛ DIRE VINGT MINUTES...
TU VOULAIS JUSTE TE LA RACONTER...?
AH LÀ LÀ, QUELLE GALÈRE !
LE COUPABLE A UN ALIBI PARFAIT !
...
がし FROT
がし FROT
がし FROT

TU N'AS PAS UN INDICE À ME REFILER ?
N'IMPORTE QUOI FERA L'AFFAIRE !
FWAP
ARF
PARDON ?
JE CROYAIS QUE TU POUVAIS ENTENDRE LES DERNIÈRES PAROLES DES DÉFUNTS.
AH, OUI...
EN TENDANT LES MAINS, LÀ...
TU TE MOQUES DE MOI ?
TU AURAIS PU ME LE DIRE PLUS TÔT !
ALORS ? QU'EST-CE QU'IL A DIT AVANT DE MOURIR ?! VIIITE !
DU CALME !
SUR LE COUP, SES PAROLES M'ONT SEMBLÉ TRÈS BANALES...

VOICI CE QUE J'AI ENTENDU...
MA FOI, CETTE TISANE...
EST DÉLICIEUSE.

C'EST TOUT.
EN QUOI ÇA NOUS AVANCE ?
C'EST UN INDICE MAJEUR !
HEIN ?
MITSUNARI N'A RIEN SENTI DE DÉSAGRÉABLE EN BUVANT CETTE TISANE...
ET ALORS ?
LA TOXINE PRÉSENTE DANS L'ACONIT S'APPELLE L'ACONITINE.
DÈS QU'ON EN INGÈRE, ON SENT COMME UNE FORTE PIQÛRE SUR LA LANGUE.
ピリッ
TCHIK
MÊME COUPÉE AVEC DU SUCRE OU D'AUTRES HERBES, PERSONNE NE TROUVERAIT ÇA DÉLICIEUX.

C'EST JUSTEMENT CE BREUVAGE...
QUI SERT D'ALIBI AU COUPABLE !
!!!
ÇA SIGNIFIE QUE...
MAÎTRE MITSUNARI !
...?

QUI A PU FAIRE ÇA ?
MAÎTRE...
...
VIENS !
STAP
HÉ, UNE MINUTE...

VOUS ÊTES SES ÉLÈVES ?
OUI… ET VOUS ?
JE SUIS POLICIER, J'ENQUÊTE SUR SA MORT.
EST-CE QUE VOUS SAVEZ…
CE QU'A FAIT MITSUNARI RIN AUJOURD'HUI ?
OUI, J'ÉTAIS AVEC LUI…
JE VOUS ÉCOUTE, RACONTEZ-MOI TOUT.

BIEN SÛR !
J'ESPÈRE POUVOIR VOUS AIDER !
MERCI BEAUCOUP.
...?
STAP
CE TÉMOIGNAGE T'A AIGUILLÉ ?
OUI, J'Y VOIS ENFIN PLUS CLAIR.
CE MEURTRE EST IDENTIQUE À L'AFFAIRE DU TUEUR À L'ASSURANCE-VIE, EN 1986.
LE COUPABLE AVAIT LUI AUSSI UN ALIBI !
C'EST QUOI CETTE AFFAIRE ?

CLAC
JE SUIS DE RETOUR !
IL M'A FALLU DIX MINUTES, COMME PROMIS !
JE VAIS VOUS EXPLIQUER...
LES TENANTS ET LES ABOUTISSANTS DE CE CRIME.

J'ATTENDS DE VOIR !
SI VOUS VOUS PLANTEZ, VOUS ALLEZ M'ENTENDRE !
J'HÉSITERAI PAS À CONTACTER VOS SUPÉRIEURS...
VOTRE RAISONNEMENT ÉTAIT À CÔTÉ DE LA PLAQUE, YAMAMOTO !
?!
HIUGA RIN EST INNOCENT.
...
QUI EST LE COUPABLE, ALORS ?!
L'ASSASSIN N'EST AUTRE QUE...

HIMIKO RIN !

...
C... COMMENT ? J'ÉTAIS SUR SCÈNE QUAND IL EST MORT !
JE N'AI PAS PU EMPOISONNER SA TISANE !
LA TISANE QU'IL A BUE NE CONTENAIT RIEN DE TOXIQUE.
C'EST IMPOSSIBLE, ENFIN !
NOUS AVONS RETROUVÉ DES PÉTALES D'ACONIT DEDANS !
IL A RAISON ! VOS BÊTISES TROUBLENT L'ENQUÊTE...
QUI A RENVERSÉ LE THÉ SUR LA TABLE ?

C'EST HIMIKO.
ざわっ
HOOOO
EFFECTIVE-MENT…
C'EST LÀ QUE L'ACONIT EST ENTRÉ EN SCÈNE.

VOUS AVEZ AMENÉ DISCRÈTEMENT DES PÉTALES ET DES FEUILLES D'ACONIT AFIN DE FAIRE CROIRE...
QU'IL Y EN AVAIT DANS LA THÉIÈRE ET LA TASSE DE MITSUNARI.
...
...
DEMANDEZ TOUT DE SUITE...
UNE ANALYSE DE SON CADAVRE !
HEIN ?!

À MON AVIS, VOUS NE TROUVEREZ AUCUNE TRACE...
D'ACONITINE DANS SA BOUCHE.
S'IL A VRAIMENT BU UNE TISANE EMPOISONNÉE AVANT DE S'ÉCROULER...
ALORS IL RESTE FORCÉMENT DU POISON SUR SA LANGUE.
À L'INVERSE, SON ABSENCE PROUVERA QU'IL L'A INGÉRÉE QUELQUES HEURES PLUS TÔT.
...!
FAITES CE QU'IL DIT !
À VOS ORDRES !
...

MAIS SI CE QUE VOUS AVANCEZ EST VRAI...
ALORS QUAND EST-CE QUE HIMIKO A PU L'EMPOISONNER ?
DEUX HEURES AVANT SA MORT.
HEIN ?
J'AI RECUEILLI LES TÉMOIGNAGES DES ÉLÈVES DE MITSUNARI.
ILS M'ONT DIT QUE HIMIKO ÉTAIT À SES CÔTÉS...
PLUSIEURS HEURES AVANT QU'ILS RE-JOIGNENT LA SALLE DE CONFÉRENCE.
ALORS QU'ILS DISCUTAIENT DE LA FUSION DES ÉCOLES...
MITSUNARI, ATTEINT D'UNE MALADIE CARDIAQUE, A PRIS SES MÉDICAMENTS.

TIENS, C'EST L'HEURE DE MON TRAITEMENT.
ATTENDEZ, RESTEZ ASSIS.
VOS COMPRIMÉS SONT ICI ? JE M'EN OCCUPE.
HÉ HÉ
C'EST GENTIL DE TA PART.

COMME HIMIKO AVAIT L'HABITUDE DE LUI ACHETER SES MÉDICAMENTS…
LES AUTRES ÉLÈVES N'ONT PAS RÉAGI.
C'EST SANS DOUTE À CE MOMENT-LÀ QU'ELLE A SORTI D'AUTRES PILULES.
ELLE AVAIT PRÉPARÉ LE TERRAIN DEPUIS DES MOIS POUR PARFAIRE SON CRIME.
…
…
HI HI…

VOTRE HYPOTHÈSE NE TIENT PAS LA ROUTE !
SI JE LUI AVAIS FAIT AVALER LE POISON À CE MOMENT-LÀ...
IL SERAIT MORT QUELQUES MINUTES APRÈS, NON ?
L'ACONIT AGIT IMMÉDIATEMENT.
COMMENT AURAIT-IL PU TENIR DEUX HEURES ?
ELLE A RAISON ! SON ALIBI EST SANS FAILLE...

IL EXISTE UN MOYEN DE RETARDER SON EFFET.
!
IL DIT VRAI.
...
VOUS RIGOLEZ ?!
VOUS AVEZ OUBLIÉ L'AFFAIRE DE 1986 DU TUEUR À L'ASSURANCE-VIE...
QUI AVAIT UTILISÉ DE L'ACONIT ?
DE L'ACONIT ...?
!

MAIS OUI, C'ÉTAIT À OKINAWA !
EXACT, UN HOMME AVAIT EMPOISONNÉ SA FEMME AVEC CETTE PLANTE.
IL AVAIT ÉGALEMENT UN ALIBI PARFAIT.
SA FEMME EST MORTE TROIS HEURES APRÈS LEUR DERNIÈRE INTERACTION.
SI SON MEURTRE À RETARDEMENT A FONCTIONNÉ...
C'EST PARCE QU'IL A UTILISÉ UN AUTRE POISON...
PERMETTANT DE RALENTIR LES EFFETS DE L'ACONIT.

IL S'AGIT DU POISON…
DU FUGU.
…
BINGO !
FIGUREZ-VOUS QUE LES TOXINES DE CE POISSON…
CONTREBALANCENT CELLES DE L'ACONIT…
ET LES EMPÊCHENT D'AGIR IMMÉDIATEMENT.

À MON AVIS…
HIMIKO A EMPLOYÉ UNE MÉTHODE SIMILAIRE…
ET A MÉLANGÉ CES DEUX POISONS.
ELLE A FAIT EN SORTE QUE MITSUNARI S'ÉCROULE DURANT LA CONFÉRENCE…
EURGH!
RAH!
POUR ÉCHAPPER À TOUT SOUPÇON.
…
ELLE S'EST ENSUITE PRÉCIPITÉE VERS LA VICTIME…
AFIN DE DONNER L'ILLUSION QU'ELLE ÉTAIT INQUIÈTE.

C'EST LÀ QUE VOUS AVEZ VIDÉ LA THÉIÈRE...
ET MÉLANGÉ LES FEUILLES TOXIQUES AU LIQUIDE DÉVERSÉ SUR LA TABLE.
LES AUTRES ÉLÈVES VOUS ONT VUE DONNER LES MÉDICAMENTS À MITSUNARI...
DEUX HEURES AVANT SON DÉCÈS...
ET VOUS ÉTIEZ LA SEULE PERSONNE CAPABLE...
D'INTRODUIRE L'ACONIT DANS LA TISANE.

LORSQUE L'AUTOPSIE DU CORPS SERA FAITE, CELA PROUVERA...
QU'IL A ÉGALEMENT INGÉRÉ DU POISON DE FUGU.
VOUS ÊTES...
PRISE AU PIÈGE !

HIMIKO…
POURQUOI AVOIR COMMIS UNE CHOSE PAREILLE ?
C'EST UNE HISTOIRE DE VENGEANCE, N'EST-CE PAS ?

VOUS VOULIEZ VENGER LA MORT DE VOTRE PÈRE.
...

#11 LE MEURTRE DE L'ARTISTE FLORAL - TROISIÈME PARTIE

POURQUOI AVOIR COMMIS UNE CHOSE PAREILLE ?
VOUS VOULIEZ...
VENGER LA MORT DE VOTRE PÈRE.
...

...
J'AI UN AUTRE DÉTAIL À TE COMMUNIQUER.
HEIN ?
MITSUNARI RIN...
A LUI AUSSI TUÉ QUELQU'UN.
COMMENT ?! LUI AUSSI ÉTAIT ENTOURÉ DE CETTE FUMÉE NOIRE ?!
OUAIS, MAIS PAS QUE...

UNE INFÂME NUÉE D'INSECTES...
LUI COLLAIT À LA PEAU.
SI TU VEUX MON AVIS, C'EST UN SALE TYPE...
PIRE QUE HIMIKO...
...

HIMIKO...
VOTRE PÈRE, HIRYU, EST MORT L'ANNÉE DERNIÈRE...
À LA SUITE D'UNE CRISE CARDIAQUE, C'EST BIEN ÇA ?
JE ME DEMANDE SI CE DRAME N'EST PAS LIÉ AU PROJET DE FUSION DES DEUX ÉCOLES.
...
PENSEZ-VOUS QUE MITSUNARI L'AIT ASSASSINÉ ?
CELA EXPLIQUERAIT VOS AGISSEMENTS...
C'EST EXACTEMENT ÇA...

FWISH
IL A TUÉ MON PÈRE...
ET MENAÇAIT NOTRE ÉCOLE !
CE DÉMON MÉRITAIT DE MOURIR !
...
...
MITSUNARI A PRIS LES COMMANDES DE L'ÉCOLE URA-RIN IL Y A CINQ ANS...
ET TOUT CE QUI L'IMPORTAIT ÉTAIT LA FUSION DES ÉCOLES !
...

IL EST GRAND TEMPS DE REDEVENIR UNE SEULE ET MÊME FAMILLE...
AFIN D'ÉTENDRE NOTRE INFLUENCE À TRAVERS LE PAYS !
...
JE M'OPPOSE À CETTE IDÉE.
!
MAÎTRE HIRYU, VOYONS...
IL EXISTE UNE CONCURRENCE SAINE ENTRE NOS ÉCOLES...
NOUS MOTIVANT À REPOUSSER LES LIMITES DE NOTRE ART, C'EST UNE BONNE CHOSE.

CLAP パチ
CLAP パチ
CLAP パチ
CLAP パチ
...
CLAP パチ
CLAP パチ
CLAP パチ
CLAP パチ
MON PÈRE AVAIT REMARQUÉ...
QUE MITSUNARI NOUS VOLAIT DES ÉLÈVES...
DANS LE BUT D'AGRANDIR L'ÉCOLE URA-RIN.
...

ÉCOUTE-MOI BIEN, HIMIKO.
MITSUNARI EST CAPABLE DE TOUT...
POUR PARVENIR À SES FINS.
OUI...
HIEI A REJOINT LE DOJO DES SHIKI, CE SONT DE LOINTAINS COUSINS...
TU ES MAINTENANT LA SEULE À MÊME DE ME SUCCÉDER.
RESTE SUR TES GARDES.
J'IGNORE CE QUE MITSUNARI PRÉPARE CONCRÈTEMENT...
QUE DOIS-JE FAIRE ?
FWIT
J'AURAIS PRÉFÉRÉ T'EN PARLER...
DANS D'AUTRES CIRCONSTANCES...

LE COFFRE DE MON BUREAU CONTIENT UNE PARTIE DES ARCANES DE L'ÉCOLE URA-RIN.
COMMENT ?
JE CROYAIS QU'ELLES NOUS ÉTAIENT INACCESSIBLES.
C'EST MON GRAND-PÈRE...
QUI A RECOPIÉ...
QUELQUES PAGES DANS LE PLUS GRAND SECRET.
!
SI JAMAIS IL M'ARRIVE QUELQUE CHOSE...

UTILISE CETTE CLÉ...
POUR ACCÉDER AU COFFRE.
TU AS COMPRIS ?

PEU DE TEMPS APRÈS...
MON PÈRE EST MORT SUBITEMENT...
ALORS QU'IL DONNAIT UN COURS À SES ÉLÈVES.
...
...
...
IL A ÉTÉ EMPORTÉ PAR UNE CRISE CARDIAQUE.
IL ÉTAIT ATTEINT DE LA MÊME MA-LADIE HÉRÉDITAIRE QUE MITSUNARI...
ET TOUT LE MONDE A CRU QU'ELLE EN ÉTAIT LA CAUSE.

COMME IL N'AVAIT RIEN AVALÉ DURANT SON COURS...
LA PISTE DE L'EMPOISONNEMENT A VITE ÉTÉ ÉCARTÉE.
!
TU CROIS QUE...
DEUX HEURES AVANT LA MORT DE MON PÈRE...
J'AI VU MITSUNARI AU SOL, DANS LE JARDIN !
EURGH
KORF
QU'EST-CE QUE VOUS AVEZ ?!

HÉ HÉ... C'EST JUSTE UNE PETITE INTOXICATION ALIMENTAIRE.
LE POISSON CRU DE CE MIDI EST MAL PASSÉ.
SUR CE, JE RENTRE.
PASSE LE BONJOUR À HIRYU.
D'AC-CORD...
PRENEZ SOIN DE VOUS...
À L'ÉPOQUE, JE N'AI PAS CHERCHÉ À COMPRENDRE...
MÊME SI J'ÉTAIS INTRIGUÉE...

* Arcanes de l'école Ura-Rin

SON CONTENU N'AVAIT RIEN À VOIR AVEC L'ART FLORAL…
PLANTES ET FLEURS TOXIQUES…
INSECTES VENIMEUX…
POISONS PRÉSENTS CHEZ LES ANIMAUX ET LES POISSONS…
SES PAGES ÉTAIENT REMPLIES…
D'INFORMATIONS À CE SUJET…
C'EST AU FIL DE MA LECTURE QUE J'AI COMPRIS…
QU'ELLES AVAIENT SERVI À FOMENTER UN ACTE IGNOBLE.
COMMENT ÇA ?
CHOQUÉE, J'AI FINI PAR RANGER CE CARNET…
JE SAVAIS MAINTENANT TOUT…

MITSUNARI S'ÉTAIT SERVI DE CES ÉCRITS…
POUR ASSASSINER MON PÈRE !
IL CONNAISSAIT DONC…
LES EFFETS DU POISON DE FUGU SUR L'ACONIT.
…
J'AI ENSUITE INTERROGÉ LES ÉLÈVES ET LES BONNES…
QUELQU'UN AVAIT PEUT-ÊTRE APERÇU MITSUNARI OFFRIR À MANGER À MON PÈRE…
AVANT QU'IL NE SOUFFRE D'UNE CRISE CARDIAQUE.

J'AVAIS VU JUSTE...
EFFECTIVEMENT, MAÎTRE MITSUNARI A PROPOSÉ DES GÉLULES À VOTRE PÈRE...
IL DISAIT QU'ELLES ÉTAIENT BONNES POUR LA SANTÉ...
MON PÈRE A ACCEP-TÉ ?!
COMME MAÎTRE MITSUNARI EN A AVALÉ UNE DEVANT LUI...
IL S'EST SENTI OBLIGÉ DE FAIRE DE MÊME...
...
BADAM

SI MITSUNARI A VOMI DANS LE JARDIN...
C'ÉTAIT POUR ÉVACUER UNE DE CES MAUDITES GÉLULES CONTE-NANT DU POISON.
CE TYPE DE MÉDICAMENT NE FOND PAS VITE.
UNE FOIS INGÉRÉE, LA GÉLULE RESTE INTACTE UNE DIZAINE DE MINUTES.
...
IL LUI A SUFFI DE LA RECRACHER EN PRÉTEXTANT UNE INTOXICATION ALIMENTAIRE.
MON PÈRE N'A PAS EU CETTE CHANCE...
ET LE POISON A AGI DEUX HEURES PLUS TARD.
HAAA

C'EST LE CRIME PARFAIT.
OUI...
J'AI DEMANDÉ À UN EXPERT D'EXAMINER LA TERRE OÙ MITSUNARI AVAIT VOMI...
IL Y A RETROUVÉ DU POISON DE FUGU ET D'ACONIT, MAIS IL ÉTAIT TROP TARD.
LE CADAVRE DE MON PÈRE ÉTAIT DÉJÀ DÉCOMPOSÉ...
LES PREUVES AVAIENT DISPARU...
QUELLE HORREUR...
...
PENDANT UN AN, J'AI FAIT COMME SI DE RIEN N'ÉTAIT...
ET J'AI GAGNÉ LA CONFIANCE DE MITSUNARI EN M'OCCUPANT DE LUI...
AFIN DE PRÉPARER LE TERRAIN...

HIMIKO...
JE PEUX VOUS POSER UNE AUTRE QUESTION ?
JE VOUS ÉCOUTE...
VOUS AURIEZ TRÈS BIEN PU COPIER LES MÉTHODES DE MITSUNARI...
ET FAIRE CROIRE QUE SA MALADIE L'AVAIT EMPORTÉ.
POURQUOI AVOIR INTRODUIT LES FEUILLES D'ACONIT DANS LA TISANE...
ET POUSSÉ LA POLICE À ENQUÊTER SUR UN MEURTRE ?
J'AI MES RAISONS...

GIFTED

JE VOULAIS QU'ELLE ACCUSE MON ONCLE HIUGA !
!
HEIN ?! MAIS POURQUOI ?!
PARCE QUE TU AS TRAHI NOTRE ÉCOLE...
ET ÉTAIS DE MÈCHE AVEC MITSUNARI.

...
TU N'AS PAS DIGÉRÉ LE FAIT QUE JE REPRENNE LES RÊNES.
C'EST TOI QUI AS ÉTABLI UNE LISTE DES ÉLÈVES À NOUS VOLER...
ET TU AS AGI EN SECRET POUR ME METTRE DES BÂTONS DANS LES ROUES.
J'AI DES PREUVES !
HIEI...

JE TE LAISSE EXPULSER HIUGA DE NOTRE ÉCOLE.
PROTÈGE NOTRE HONNEUR.
ENTENDU...

MERCI DE VEILLER...
SUR NOTRE LIGNÉE.
...
...
MAÎTRE HIMIKO !

JE VOUS LAISSE.
...
HIEI...

QU'EST-CE QUE VOUS DIRIEZ DE VENIR VOUS ENTRAÎNER...
DANS NOTRE DOJO ?
YUYA...
...
ECOLE SHIKIGAMI

MES JAMBES
ME LÂCHENT !
ARF !
AÏE...
CLAC
OH...

神鬼四
GWOOOH
EN GARDE !
JE VOUS ATTENDS !

GLOUPS
...
YAH !
STAP

SWISH
STAP
HUF !

SHTAK
FWASH

STAP
WOAH...
ÇA ALORS...
STAP

ON DIRAIT VRAIMENT...
DES NINJAS !
NOTRE ART MARTIAL EST INSPIRÉ DES TECHNIQUES NINJAS.
ILS ONT TOUJOURS EU POUR MISSION...
D'ASSASSINER DES GENS.

GLOUPS
IL AFFIRME QUE TROIS DES QUATRE DÉMONS ONT DÉJÀ TUÉ QUELQU'UN...
J'AVOUE QUE CES TECHNIQUES...
SONT SUFFISANTES POUR TUER QUELQU'UN À MAINS NUES...
FWIT
HUF
HUF
CLING
カチャ
CLING
カチャ

VOUS DEVEZ ÊTRE ÉPUISÉS.
VOICI POUR VOUS.
MERCI BEAUCOUP.
JE SUIS RAVIE DE VOUS REVOIR, HIEI.
FAITES COMME CHEZ VOUS.
AP-PROCHE !
GRUH
GRUH

AH, TAKI !
VOUS N'AVEZ PAS OUBLIÉ MES GÂTEAUX ?
KYO EN VEUT AUSSI !
OUAF
...
HÉ HÉ
ほほほ
BIEN SÛR QUE NON, JE VOUS AI PRÉPARÉ LES PLUS GROS !
LE LOURD...
HA HA
OUAF OUAF
VRAIMENT ?! SUPER !
VITE, VITE !
...

TADAAAM
ぱあああああ
VOUS ÊTES GÉNIALE !
AMAKUSA EST TRÈS DRÔLE.
HM... IL PEUT ÊTRE UN PEU LOURD PARFOIS.
MOUAIS...
UN PEU DE COMPAGNIE NE FAIT PAS DE MAL !
EN PARLANT DE ÇA, L'ABSENCE DE PARTENAIRE D'ENTRAÎNEMENT...
N'A PAS IMPACTÉ VOTRE NIVEAU.
POURQUOI NE PAS ROUVRIR LE DOJO ?
NON MERCI... VOUS AUSSI, VOUS ÊTES TOUJOURS AUSSI FORT.

JE N'EN ATTENDAIS PAS MOINS...
DU DÉMON DE L'EAU.
ON NE M'AVAIT PAS APPELÉ COMME ÇA DEPUIS DES ANNÉES.
ÇA ME GÊNE !
JE PEUX VOUS POSER UNE QUESTION ?
JE VOUS EN PRIE.
EN QUOI CONSISTE L'ÉCOLE RIN ?
ON M'A DIT QUE LES SHIKI ET LES RIN AVAIENT DES LIENS, ET LES ARCANES DE L'ÉCOLE URA-RIN VONT DANS CE SENS...

FWIT
ピッ
YUYA...
JE N'AI PAS LE DROIT DE VOUS EN PARLER.
HIEI...
APRÈS TOUT, J'AI ENCORE LE TITRE DE DÉMON DE L'EAU...
ET LES TROIS AUTRES...
SONT DANS LE MÊME CAS...

MIOM もぐ
MIOM もぐ
...
DANS CE CAS, JE CHANGE DE QUESTION.
JE VOUS ÉCOUTE.
À VOTRE AVIS...
QUI A TUÉ MA MÈRE ?

...
EH BIEN...
COMMENT DIRE...

JE PENSE...
QUE C'EST UNE PERSONNE QUE NOUS CONNAISSONS BIEN...

GIFTED

BONUS
APRÈS LA DISPARITION SOUDAINE DE SA MAÎTRESSE, LA CHIENNE KYO A ÉTÉ RECUEILLIE PAR SHIKI.
VOILÀ PLUSIEURS JOURS QU'ELLE VIT CHEZ LUI.
HÉ HÉ...
ELLE SEMBLE T'ADORER.
MOI AUSSI, JE VEUX UN CÂLIN ! JE SUIS JALOUX !
VIENS ICI !
A... AT-TENTION !
BAH ?
GRUU
UH
JE ME DEMANDE POURQUOI ELLE ME DÉTESTE.
ÇA ME SURPREND PAS.
GRUH
GRUH
J'AI LU SUR INTERNET QUE LES CHIENS SE LAISSAIENT FACILEMENT CARESSER...
PAR LES AMIS DE LEUR MAÎTRE.
AH...
ZIEUTE
HEIN ?!
FWISH
RECULE !
ARGH

REGARDE, KYO ! JE SUIS LE MEILLEUR AMI DE SHIKI !
QU'EST-CE QUI TE PREND ?!
STOP !
GROOOH
MAIS ENFIN !
GRUUUH
OUAF OUAF
PFFF...
MERCI À TOUTES LES PERSONNES QUI ME SOUTIENNENT !
SEIMARU AMAGI, MES ÉDITEURS S ET I, MES ASSISTANTS EIKICHI, AGI KEISHI, TAKAHASHI, TOUTES LES PERSONNES AYANT TRAVAILLÉ SUR GIFTED, ET BIEN SÛR TOUS LES LECTEURS !

DANS LE PROCHAIN TOME

Shiki tente de démêler le vrai du faux…

Nos deux héros vont-ils surmonter cette épreuve ?!

De son côté, Amakusa doit résoudre une affaire de meurtres en série.
SI L'HYPOTHÈSE AVANCÉE PAR AMAKUSA EST VRAIE…
ALORS LA PERSONNE QUI TUE CES LYCÉENS EST…
SHIKI EST EN DANGER !
GIFTED
4

GIFTED

First published in Japan in 2022 by Kodansha Ltd., Tokyo.
Publication rights for this french edition arranged through Kodansha Ltd., Tokyo.

Edition française :
Gifted, vol. 3

Traduction : Alexandre Fournier
Lettrage : Daphné Belt
Maquette de couverture : Daphné Belt
Correction : Maeva Païno

ISBN : 9782379505416
Dépôt légal : Octobre 2024

Achevé d'imprimer en France en Septembre 2024 par Dupliprint,
733 Rue Saint Léonard, 53100 Mayenne

Suivez-nous sur Facebook / Twitter / Instagram
Editions VEGA S.A.S. : 57, rue Gaston Tessier, CS 50061, 75166 Paris Cedex 19.